하늘과 바람과 별과 詩

윤동주 글
곽수진 그림

KB191703

언제나북스

죽는 날까지
하늘을 우러러

한 점 부끄럼이 없기를

잎새에 이는 바람에도

나는 괴로워했다

별을 노래하는
마음으로

모든 죽어가는 것을
사랑해야지

그리고
나한테 주어진 길을

별이 바람에 스치운다

윤동주, 그리고 작가의 말

별을 노래하는 마음으로

모든 죽어가는것을 사랑해야지

그리고 나안테 주어진 길을

거러가야겠다

오늘밤에도 별이 바람에 스치운다.

1941, 11, 20 尹東柱

서시

죽는 날까지 하늘을 우르러

한점 부끄럼이 없기를,

잎새에 이는 바람에도

나는 괴로워했다.

윤동주

1917년 12월 30일에 태어나 1945년 2월 16일에 떠난, 한국인이 가장 사랑하는 시인 중 한 명입니다. 혹독한 시절 속에서도 늘 자신을 성찰하며 자신만의 신념을 가지고 살아가려 했던 청년 윤동주는 그만의 시상들을 통해 맑고 순결한 마음으로 시대와 자신이 나아갈 방향을 찾으려 노력했습니다. 그는 더 이상 세상에 없지만, 아름다운 청년 윤동주가 세상에 남긴 수많은 '하늘과 바람과 별과 시'는 오늘날에도 많은 이의 가슴에 남아 오래도록 기억되고 있습니다.

서시

윤동주 시인의 유고 시집 《하늘과 바람과 별과 시(詩)》(1948년 출간)에 수록된
시로, 1941년에 쓰였습니다. 〈서시〉에는 '부끄럼'을 알던 청년 윤동주의 고뇌가
고스란히 담겨 있습니다. 한 시대를 살았던 청년으로서, 또 인간으로서의
고뇌가 시인만의 소박한 언어와 아름다운 자연의 모습에 담겨 담백하면서
깊은 울림을 자아냅니다.

　　〈서시〉를 통해 '잎새에 이는 사소한 바람'에도 괴로워했고, '모든 죽어가는
것을 사랑'했으며, '나한테 주어진 길'을 묵묵하게 걸어갔을 윤동주 시인의
모습을 가슴 깊이 느껴 보시기 바랍니다.

작가의 말

안녕하세요. 그림 작가 곽수진입니다.

삽화 작업은 글 작가의 의도를 해치지 않으면서 독자와 함께 발을 맞춰 글을 시각적으로 읽기 위한 노력이 필요하다고 생각합니다. 편파적인 주제에 갇히지 않으면서도 때로는 하나 또는 그 이상의 네러티브(Narrative, 이야기)를 꾸며 내야 하기도 합니다.

〈서시〉는 짧은 호흡 속에 함축적인 의미를 가득 담고 있는 시로, 책 한 권의 양으로 만들기에 아주 짧게도 굉장히 길게도 느껴졌던 작품이었습니다. 읽는 사람의 성격이나 환경에 따라서도 다양하게 해석될 수 있기 때문에, 개인적인 해석으로 그 가능성을 제한하고 싶지 않아 어떻게 풀어 낼지 고민이 깊었습니다.

〈서시〉는 특정한 장면 묘사보다는 내면에 대한 이야기 위주로 진행됩니다. 그래서 '사색'이라는 키워드에 초점을 맞추기로 했습니다. 이를 표현하기 위해 '차라의 숲(살아 숨 쉬는 숲)'을 주제로 차용해 생명으로 가득 찬 숲을 거닐고 명상하며 깨달음을 얻는 과정을 시각적으로 구현했습니다. 특히 〈서시〉는 《하늘과 바람과 별의 시》라는 꾸러미에 속한 글인 만큼, 그 이름에

맞는 분위기를 만들어 내기 위해 바람과 별이 있는 하늘을 다양하게 구성하고자 했습니다.

　또한 추운 한겨울의 사색으로 시작해 마지막 장면은 따뜻한 여름밤으로 마무리하며 처음과 마지막 페이지를 수미상관 구조의 같은 풍경을 다른 분위기로 표현하고자 했습니다. 고민을 끝마치거나 혹은 그렇지 못했더라도 새로운 시작을 위해 사색의 숲을 떠나게 된다는 뜻입니다.

　개인적으로 이 책에서 가장 좋아하는 장면은 '오늘 밤에도'라는 구절이 있는 부분인데, 어두운 밤이라는 주제를 벗어나지 않으면서도 반딧불이와 램프에서 은은하게 뿜어져 나오는 빛을 중심으로 따뜻한 분위기를 연출하고자 했습니다.

　누가 읽느냐에 따라 다르게 느껴질 이야기이지만, 이 책장을 넘기는 순간만큼은 함께 책 속의 숲을 거닐며 마음 속으로의 여행을 떠날 수 있길 바랍니다.

곽수진

지은이 윤동주

가장 어두운 시대에 살았으나, 누구보다 별처럼 자신을 빛내고 떠난 시인이다. 비록 길지 않은 삶이었지만, 묵묵히 자신의 길을 걸어가며 인간의 삶을 고뇌하고 조국의 현실을 아파했던 윤동주 시인은 사람들의 폐부를 찌르는 아름다운 시와 산문들을 남겼다. 대표 작품으로 〈달을 쏘다〉 〈십자가〉 〈자화상〉 〈쉽게 쓰어진 시〉 〈별 헤는 밤〉 등이 있다.

그린이 곽수진

영국 킹스턴대학교에서 일러스트레이션을 전공했다. 영국에서 첫 번째 동화책인 《A Hat for Mr. Mountain(산 아저씨를 위한 모자)》을 발표했으며, 이탈리아 볼로냐 사일런트 북 콘테스트에서 《Costruttori di Stelle(별 만드는 사람들)》로 1등을 수상했다. 국내 대표작으로는 《비에도 지지 않고》 《도망가자》《강아지 별》이 있다.

윤동주의 서시

하늘과 바람과 별과 시

© 곽수진 2022

초판 1쇄 인쇄 2022년 9월 1일
초판 1쇄 발행 2022년 9월 15일

글   윤동주
그림   곽수진
펴낸이   노지훈
편집인   김사랑
펴낸곳   언제나북스

출판등록   2020. 5. 4. 제 25100-2020-000027호
주소   인천시 서구 대촌로 26, 104-1503
전화   070-7670-0052
팩스   032-275-0051
전자우편   always_books@naver.com
블로그   blog.naver.com/always_books
인스타그램 @always.boooks

ISBN 979-11-979390-3-7

언제나북스는 여러분의 소중한 이야기를 기다립니다. 전자우편으로 원고를 보내주세요.
언제나 읽고 싶은 책을 만들기 위해 노력합니다.